Für

Von

No. 21

Schöner lesen!

MIX
Papier aus verantwortungsvollen Quellen
FSC® C144853
FSC
www.fsc.org

ISBN 978-3-649-64140-7

Hafenweg 30, 48155 Münster, Germany

www.hans-kruppa.de

Grafische Gestaltung: Daniela Lengers, Laer

Redaktion: Anna Louisa Duckwitz

www.coppenrath.de

Hans Kruppa

DAS LEBEN GEHT HEITER

Gedichte und Geschichten

COPPENRATH

DAS LEBEN GEHT HEITER

Das Leben geht weiter,
das tut es schon immer – bekanntlich.
Doch wie geht es am besten, innerlich?
Ich glaube, am besten geht es heiter.

FEDERLEICHT

Mein Lebensgefühl ist federleicht,
ich sollte mich festhalten am Gras,
sonst weht der nächste Windstoß mich fort,
und ich fliege zu einem Ort,
wo ich mich nicht wiederfinde.

Das war ein Scherz.

Aber diese Frage meine ich ernst:
Fliegst du mit?

TAGESPROGRAMM

Heute will ich
aus dem Rahmen fallen
und weich landen,
dann zu der Musik
in meinem Kopf
schön aus der Reihe tanzen,
mich zum Ausruhen
zwischen die Stühle setzen,
danach ein bißchen
gegen den Strom schwimmen,
unter allem Geschwätz wegtauchen
und am Ufer der Phantasie
so lange den Sonnenschein genießen,
bis dem Ernst des Lebens
das Lachen vergangen ist.

EINE HEITERE SACHE

Das Leben im Eigentlichen
ist eine heitere Sache,
nicht allzu ernst oder streng.
Es ist ein Spiel,
bei dem es keinen Gewinner
und keinen Verlierer gibt.
Es macht Freude.

WIE EINE WEISSE DAUNE

Laß dein Lebensgefühl
ein zartes, leichtes sein,
das der Wind des Tages
wie eine weiße Daune
in den blauen Himmel
der Lebensfreude trägt
und dort zum Tanzen bringt.

VOM SUCHEN UND FINDEN

Die Sonne strahlt,
du gehst am Flußufer entlang –
und aus heiterem Himmel fliegt
dir ein lang gesuchtes Lebensgefühl zu,
das dich zum Lächeln bringt.

Und du fragst dich,
was die ganze Suche soll,
wenn das Finden
sich nirgendwo versteckt.

Kein Widerspruch

„Du wirkst immer so heiter, so fröhlich“, sagte ein Besucher zu dem Meister. „Und das, obwohl du die Welt und die Menschen kennst. Kannst du mir diesen Widerspruch erklären?“

„Warum ist das ein Widerspruch?“ war die Gegenfrage des Meisters.

„Weil der Lauf der Welt und die Taten der Menschen nun mal deprimierend sind“, stellte der Besucher fest. „Auf mich zumindest wirken sie so, und ich bin nicht der einzige. Doch warum bist du es nicht?“

„Weil ich in der Welt lebe“, erklärte der Meister, „aber die Welt nicht in mir leben lasse.“

WEIL ICH GLÜCKLICH BIN

Weil ich glücklich bin,
lächle ich dem Tag ins graue Gesicht,
um ihm zu zeigen,
daß ich ihn mag,
und wenn er noch so mürrisch
aus der Wäsche schaut
mit seinem Wolkenhimmel
und dem tristen Nieselregen.

Ich werde ihm lustige Dinge sagen,
will ihn zum Lachen bringen,
ihm ein sonniges Gedicht widmen
und ihm so lange zeigen,
wie einzigartig und liebenswert er ist,
bis er nicht mehr weiß,
wohin mit all dem Guten,
das ich ihm schenke –
und mir ein bißchen davon zurückgibt.

KLEINE MORGENGYMNASTIK

Ich stehe mit dem
richtigen Fuß auf,
öffne das
Fenster der Seele,
verbeuge mich vor allem,
was liebt,
wende mein Gesicht
der Sonne entgegen,
springe ein paarmal
über meinen Schatten
und lache mich gesund.

LEBENSFREUDE

Lebensfreude ist ganz wichtig,
durch sie wird alles lebenswert.
Deshalb ist Lebensfreude immer richtig.
Ohne sie wird selbst das Richtige verkehrt.

LICHTBLICK

DEM LACHEN
IN MEINEM BAUCH
SIND FLÜGEL GEWACHSEN,
DIE DUFTEN
IN ALLEN FARBEN
DES REGENBOGENS
NACH MUSIK.

LASS DICH TRAGEN

Nimm heute
nur vom Feinsten
und gib nur das,
was sich von selbst ergibt –
und tu nur das,
was du magst und liebst.

Vergiß die Zukunft,
denk nicht
an die Vergangenheit –

leb heute außerhalb der Zeit
und laß dich tragen
von Freude und Heiterkeit.

GELASSENHEIT

Gelobt sei die Gelassenheit!
Sie läßt sich nicht verrückt machen.
Sie nimmt sich stattdessen die Zeit,
über die Verrücktheiten des Lebens zu lachen.

IM SONNENSCHEIN DER SEELE

Ich liege entspannt
im Sonnenschein meiner Seele,
schaue in den wolkenlosen
Himmel meines Bewußtseins
und genieße den sanften Fluß
eines wunschlosen Friedens,
der sich in mir entfaltet
wie die Blätter einer weißen Blüte
und mich mit dem Duft
lächelnder Dankbarkeit erfüllt.

ALS WIR URLAUB MACHTEN

Als wir Urlaub machten
im Land unserer Sehnsucht,
am Strand der Phantasie,
tanzte das Sonnenlicht
tausendfach auf dem
Meer der Zeitlosigkeit –
und helle Freude
spielte in uns
ihre neuesten Lieder
im Rhythmus unserer Herzschläge.

Ein Narrenschiff zog vorbei,
nicht weit entfernt,
die Segel bunt –
mit Kurs auf die Insel
hinter dem Tor des Regenbogens.

Wir winkten den
Träumern an Bord zu,
wünschten eine phantastische Reise
und baten um baldige Flaschenpost
an die Adresse unserer Liebe.

HEITERKEIT

Das Leben
ist voller Heiterkeit,
wenn wir die Heiterkeit
in unserem Herzen nicht verlieren.

WIE WIR LACHTEN

Weißt du noch,
wie wir lachten?
Über nichts und wieder nichts,
würden manche sagen.
Doch wir lachten
über alles und wieder alles,
da wir es gewissermaßen
mit den gleichen Augen sahen –

und das allein war schon
herrliche Lachanfälle wert.

LEICHTIGKEIT

Nimm das Leben nicht allzu ernst,
damit du nicht die Heiterkeit verlernst.
Laß möglich viel Leichtigkeit in dir sein,
Leichtigkeit macht Wasser zu Wein.

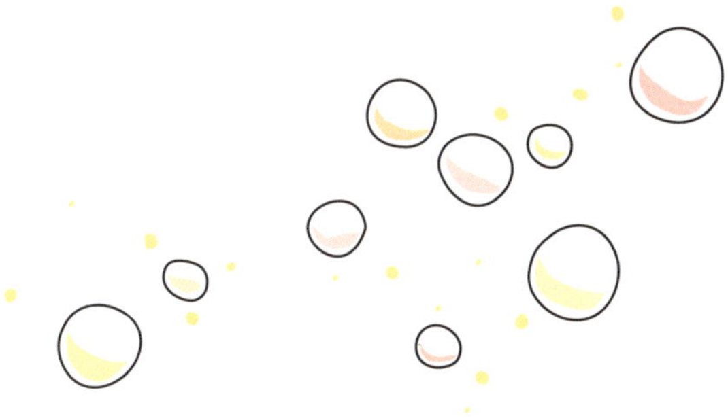

SEIFENBLASE

Ich möchte eine Seifenblase sein,
groß und bunt, zart und fein.
Ich würde für dich schillernd schweben,
würde dir alle meine Farben geben.
Dich zu erfreuen mit meinem kurzen Leben,
wäre mein einziges Streben.
Ich würde elegant durch die Lüfte fließen,
jede Sekunde meines Seins genießen,
denn ich wüßte, daß dein Blick auf mir ruht,
weil mein Farbenspiel ihm Gutes tut.
Alles, was ich will, ist: dich entzücken,
dich zum Lächeln bringen, dich beglücken.

VON GLÜCK KANN ICH REDEN

Von Glück kann ich reden,
weil der Tag ein schöner ist,
weil ich nur tue, was mir gefällt –
und ich in Einklang bin mit mir
und meiner Welt.

Weit und breit nichts als freie Zeit.
Weil ich sie ungehindert fließen lasse,
schenkt sie mir innere Wärme,
erfüllt mich tief und weit
mit Freude und mit Heiterkeit.

TIEFENENTSPANNT

Tiefenentspannt in die Matratze sinken
und an nichts mehr denken.
Sich heiter aus dem Alltag ausklinken
und sich den Ernst des Lebens schenken.

DAS ANGEBOT DES TAGES

Der Tag will dein Freund sein.
Geh unbesehen auf seine Offerte ein.
Nicht jeder Tag ist derart offen,
nicht jeder Tag läßt soviel erhoffen.

Laß alles liegen und stehen,
um seine Sehenswürdigkeiten auch zu sehen.
Zögere nicht, sei entschlossen und weise:
Geh mit dem Tag auf große Reise.

Er wird dir gute Lieder singen
und so manch andre Freude bringen.
Schenke ihm deine Offenheit –
und er schenkt dir eine magische Zeit.

Offenheit

DER HONIG DES LEBENS

Lebensfreude ist der Honig des Lebens.
Lebensfreude ist die Quelle des Gebens.
Lebensfreude macht die Sicht klar.
Lebensfreude ist unersetzbar.

Mit ihrer Heiterkeit
versüßt sie deine Zeit.
Lebensfreude fördert Lebensliebe,
streut dem Mißmut Sand in sein Getriebe.

Fühlst du sie, dann liegst du richtig,
denn kaum etwas ist so wichtig,
als möglichst oft mit ihr zu leben.
Und wer sie fühlt, kann sie auch weitergeben.

Genießt du sie,
dann brauchst du keine Philosophie.
Gib dich ihr mit Leib und Seele hin:
Sie schenkt deinem Leben Kraft und Sinn.

Die singende Krähe

Eine reichlich aus der Art geschlagene Krähe sang für ihr Leben gern. Doch außer sich selbst machte sie niemanden damit glücklich.
„Wenn ich hier im Park singe, werfen die Menschen mit Steinen nach mir“, klagte sie verzweifelt einer Amsel.
„Dann solltest du besser im Wald leben und dort singen“, schlug die gutherzige Amsel vor.
„Da ist es noch gefährlicher! Im Wald schießen die Jäger auf mich, sobald ich den Schnabel öffne. Diese Barbaren! Neulich wäre ich fast getroffen worden! Das alles deprimiert mich zu Tode, denn Singen ist mein Leben! Aber vielleicht ist mein Gesang wirklich nicht so schön – und ich sollte lieber damit aufhören“, seufzte die Krähe.
„Quatsch! Die Menschen sind noch nicht reif für deinen Gesang“, zwitscherte die Amsel. „Du bist nur deiner Zeit voraus! Eine singende Krähe! Das darf es einfach nicht geben! Und was es nicht geben darf, das zerstören die Menschen gern.“

Die Krähe nickte nachdenklich. „Ja, du hast wohl recht. Aber was soll ich deiner Meinung nach denn jetzt tun?"
„Singe im Flug, hoch oben in den Lüften. So weit oben, daß kein Mensch auf der Erde dich hören kann!" war der Rat der Amsel. „Es wäre doch schade, wenn eine so originelle Künstlerin wie du von einem Stein oder einer Kugel getroffen würde!"

Die Krähe bedankte sich überschwenglich bei der Amsel und schwang sich erleichtert in die Lüfte empor, um dort zu singen, wo kein Mensch sie hören konnte.
Eine Drossel, die Zeugin des Gesprächs geworden war, sagte zu der Amsel: „Warum erzählst du ihr einen solchen Blödsinn? Du weißt doch ganz genau, daß ihr Gesang eine Katastrophe ist!"
„Aber nur in den Ohren der anderen. Sie selbst macht er glücklich. Und darauf kommt es doch an!"
„Trotzdem hast du sie ganz schön vergackeiert!" kicherte die Drossel.

„Ich habe mich nur darum bemüht, sie glücklich zu machen“, stellte die Amsel fest.

„Wie edel von dir! Aber jetzt mal im Ernst: Warum liegt dir so viel an dem Glück dieser nervigen Krähe, die nicht mehr alle Eier im Nest hat?“

„Weil ich damit auch etwas für den Erhalt meines eigenen Glücks tue“, antwortete die Amsel.

„Kannst du mir das näher erklären?“ fragte die Drossel.

„Aber gern. Man muß glücklich sein, um andere glücklich zu machen. Und man muß andere glücklich machen, um glücklich zu bleiben“, sagte die Amsel und schwang sich in die Lüfte.

DAS SPIEL DES LEBENS

Das Spiel des Lebens geht weiter und weiter.
Es macht keine Pause, es hat kein Ende.
Spiel es gelassen, aufmerksam und heiter –
und nimm Leichtigkeit in deine Hände.

SIE LACHT

Sie tanzt,
die Welt dreht sich
unter ihren Füßen
wie ein großer Spielball.

Sie lächelt.
Ihr Lächeln
kommt von innen.
Und kein böser Blick
kann es ihr weggucken,
so stark ist es.

Sie lacht,
denn sie ist
mit Haut und Haaren
verliebt ins Leben.

Hörst du ihr Lachen nicht –
ganz tief in dir?

LASS UNS FEIERN

Laß uns feiern,
laß uns tanzen,
in kleinen Halben
und im großen Ganzen.

Laß uns den
Ernst des Lebens nerven
und allen Frust abwerfen,
bis wir ganz leicht
und immer leichter werden
und kaum noch Halt finden
auf Erden und innerlich
anfangen zu schweben
und heute so richtig
gänzlich glücklich leben.

WAS ZU TUN IST

Zehnmal über den eigenen Schatten springen,
dabei *Somewhere over the rainbow* singen.
Unter dem üblichen Geschwätz wegtauchen,
von dem einem die Ohren rauchen.

Der Poesie einhundert Bäume pflanzen.
Beflügelt aus der Reihe tanzen.
Sich vor der Liebe tief verneigen
und dabei Anmut zeigen.

Die Leichtigkeit tief inhalieren
und mit ihr Mitmenschen inspirieren.
Der Phantasie Ehre erweisen
und mit ihr über Geistesgrenzen reisen.

Der Schönheit einen Garten bauen.
Dem Schicksal in die Karten schauen.
Das scheinbar Unmögliche möglich machen.
Nicht mit den Wölfen heulen. Sondern lachen.

HUMOR UND HEITERKEIT

Humor und Heiterkeit
klären das Denken,
können uns reich beschenken
mit Durchblick und Gelassenheit.

Heiterkeit und Humor
sind Eigenschaften, die du haben mußt.
Sie kommen dem Mißmut zuvor
und schützen uns vor Unlust und Frust.

WAS BESSER IST

Unannehmlichkeiten sich nicht zu Herzen nehmen!
Besser ist es, sie in den Wind zu schlagen.
Über manchen Frust darf man sich nicht grämen.
Besser ist es, ihn gelassen ins Vergessen zu tragen.

HUMORBISSE

Manchmal beißt der Humor
lachend in den Ernst des Lebens hinein
und öffnet damit Tür und Tor –
einem ernsthaft erheiterten Sein.

DIE ZEIT FÜLLEN

Beschwingt von
Augenblick zu
Augenblick tanzen,
mit Heiterkeit
die gute Zeit füllen,
von innen lächelnd
mit dem Leben flirten,
in magischer Musik baden,
die Zeit gut füllen.

DIE LEICHTIGKEIT

Leichtigkeit ist unentbehrlich,
sie macht Spaß, sie hält jung.
Ohne sie wäre das Leben zu beschwerlich,
denn ihm fehlte der rechte Schwung.

Mit Leichtigkeit meistern wir Hürden,
überwinden Hindernisse, sprengen Ketten,
die uns gefangen halten würden,
wenn wir die Leichtigkeit nicht hätten.

Leichtigkeit beflügelt und befreit.
Deshalb möchten wir sie nicht missen.
Wo wären wir ohne die Leichtigkeit?
Ich würde sagen: aufgeschmissen.

DIE LOCKERHEIT

Ich lobe mir die Lockerheit.
Manchmal macht sie Schwieriges leicht.
Mit einer guten Portion Flockigkeit
hab ich oft schon recht viel erreicht.

Die Lockerheit ist ein wirksamer Trumpf,
mit dem man Starre und Steifheit vermeidet –
denn die machen das Messer stumpf,
mit dem man lähmende Fesseln durchschneidet.

ZEITVERTREIB

VON ALLEN
GUTEN GEISTERN BESUCHT,
LIEGE ICH
AUF DEM BETT
UND LASSE
DEN ERNST DES LEBENS
AUF MEINEM PULS REITEN,
BIS ER
VOR FREUDE HÜPFT.

Mehr ist es nicht

„Warum bist du immer so heiter?“ fragte ein Besucher den Meister, der die Siebzig schon überschritten hatte. „Eigentlich müßtest du traurig darüber sein, daß du nicht mehr so jung bist. Daß du den besten Teil deines Lebens schon hinter dir hast.“
Der Meister lächelte. „Der beste Teil meines Lebens ist immer der, in dem ich mich gerade befinde.“
„Viele wissen das und sind trotzdem betrübt“, erwiderte der Besucher. „Was ist das Geheimnis deines Glücks?“
„Daß ich einen guten Augenblick nicht vor der Tür stehen, sondern in meine Seele eintreten lasse. Meine Tür steht dem Leben immer offen. Wahrscheinlich ist es das, was mich in deinen Augen als glücklich erscheinen läßt.“
„Mehr ist es nicht, als einfach den guten Augenblick zu empfangen?“
„Mehr ist es nicht.“
„Das klingt so einfach“, stellte der Besucher fest.

„Ist es aber nicht“, erklärte der Meister. „Denn die Gedanken sind flatterhaft, schwirren ständig in der Vergangenheit oder Zukunft herum. Und schon schließt sich die Tür zum Augenblick, weil man unwillkürlich seinen Gedanken folgt. Ich habe gelernt, sie flattern zu lassen, ohne ihnen hinterher zu schauen. Das ist alles.“

ES GEHT NICHT MEHR

Der Tag war gut zu mir,
weil ich gut zu ihm war,
schon am Morgen
seine Freundschaft gesucht
und am Abend
seine Liebe gefunden habe.

Leicht fühl ich mich, frei.
Freitag steht mit Recht
auf dem Kalenderblatt –
den Namen habe ich
beim Wort genommen,
dem Tag das Beste abgewonnen.

Nun fragst du mich,
wie es mir geht.
Ich sage dir:
Es geht nicht mehr –
es fliegt, es schwebt.

ZUHAUSE

Das Leben selbst
bringt mich zum Lächeln
mit seiner frohen Kraft,
und keine noch so kalte,
noch so falsche Wirklichkeit
kann mich daran hindern,
glücklich zu sein
und zuhause in mir.

Lebenskraft

VORSÄTZE FÜR DAS NEUE JAHR

Im neuen Jahr will ich
dem Alltagsdämon
auf der Nase herumtanzen,
das Glück täglich aufs neue
auf meine Ehrengästeliste setzen,
dem Ernst des Lebens
ordentlich die Suppe versalzen,
dem Mißmut die Heiterkeit
auf den dicken Hals hetzen,
alles mit Gelassenheit angehen
und im offensichtlich Schlechten
das versteckte Gute sehen.

GLÜCK KOMMT GERN UNVERHOFFT

Glück ist immer eine Überraschung.
Plötzlich sieht man die Erhabenheit
der weißen Wolken am Himmel,
entdeckt man die Schönheit
der Blumen am Wegesrand,
sieht man die Pracht
der alten Bäume im Park.
Plötzlich fällt ein Schleier –
und man erkennt und spürt
das Glück, das einen immer umgibt
und das man oft nicht wahrnimmt,
weil man zu sehr mit anderen Dingen
beschäftigt war oder ist.

Glück ist der Blick durch den Schleier
der gewohnten Wahrnehmung,
hinter die Kulissen des Alltäglichen –
ins heitere Herz des Lebens.

ERNSTER TAG

Jeder Tag ist gut
genug für ein Gedicht,
selbst dieser mit
seinen gefallenen Blättern
auf Wiesen und Gehwegen,
seiner unwirtlichen Stimmung,
der Lähmung in der Luft.

Ich hätte große Lust,
der Atmosphäre ihren grauen Anzug
auszuziehen und sie in ihren langen
Unterhosen durch die Stadt zu scheuchen,
bis die Leute
aus allen dunklen Wolken fallen
und Papierschwalben
aus ihren Einkaufszetteln falten,

sich lustig machen über
einen so ernsten Tag.

NÄCHTLICHE STILLE

Die Nacht ist still, die Nacht ist tief.
Das wußte ich nicht, weil ich schlief.
Nun bin ich unvermittelt aufgewacht
und genieße ihre mysteriöse Pracht.
Die Stille ähnelt einer Sphinx,
scheint voller Rätselhaftigkeit zu sein.
Sie fasziniert mich. Ich fürchte allerdings,
ich schlafe trotzdem bald wieder ein.

WEGE

Der Weg zur Sonne führt durch den Wolkenbruch.
Der Weg in den Segen führt durch den Fluch.
Durch Trauer, Verlust, Enttäuschung und Leid
führt der Weg in eine ungeahnte Heiterkeit.

Jeder Tag ist gut

Ein weiser Mann wurde von einem Glückssucher gefragt: „Wie fühlst du dich heute?"
„Gut", sagte der Weise. „Ich fühle mich jeden Tag gut."
„Aber nicht jeder Tag ist gut", erwiderte der Besucher.
„Doch", widersprach der Weise, „jeder Tag ist gut. Auch wenn er schlecht ist. Ich mache ihn gut."
„Wie soll das gehen?"
„Indem ich dem schlechten Tag nicht erlaube, mir ein schlechtes Gefühl zu geben. Und immer wenn mir das gelingt, und es gelingt mir fast immer, spüre ich einen Triumph, eine Freude darüber, daß ich das in mir aufrecht erhalten habe, was immer da ist und was immer gut ist: die angeborene Heiterkeit meiner Seele. Wie schlecht der Tag auch sein mag."
Der Suchende bedankte sich für diese hilfreichen Worte, in denen er eine Weisheit erahnte, die er sich zu eigen machen vornahm.

IN EIGENER SACHE

Ich nehme mein Leben
in die Hand.
Leicht ist es
und gut zu fühlen.

Zeit gilt nicht,
wenn alles lauscht
und nur der Atem geht
wie sanfter Wind durchs Gras.

Ich schaue hoch.

Wer ich bin,
ist nicht zu sagen;
ich mache mir
keinen Vers auf mich;
kein Wort ist so grün
wie die Blätter der Bäume.

Ich bleibe auf dem Teppich
meiner Möglichkeiten
und hoffe, daß er fliegen lernt.

FLUGSAAT

Der Wind ist günstig,
es riecht nach Abenteuer.

Ich werfe mein Herz
ins Spiel der Lüfte:

Flugsaat für die guten
Launen des Schicksals.

SONNENKLAR

Mir ist jetzt plötzlich sonnenklar,
warum ich mich
einmal im Schulunterricht,
als über die Entstehung von Wolken
gesprochen wurde,
weit zurückgelehnt,
nicht mehr zugehört
und aus dem Fenster geschaut habe,
wo es nichts
als blauen Himmel
zu sehen gab.

FREUDENSAAT

Wenn Freude dich erfüllt,
laß dich ganz auf sie ein,
denn sie gibt dem Besten in dir
Glanz und Kraft und Leichtigkeit.

Geh nie an ihr vorbei,
laß sie nie an dir vorbeigehen.
Von ihr durchdrungen kannst du
das Leben mit besseren Augen sehen
und Saat für zukünftige Freuden säen.

Leichtigkeit

Eine Brücke bauen

Der Meister fragte einen Schüler, wie er den Tag verbracht hatte.
„So wie jeden anderen auch", war die Antwort.
„Das ist unmöglich", sagte der Meister. „Wie es keine zwei Menschen auf der Welt gibt, die sich

in allem gleichen, gibt es keinen Tag, der einem anderen gleicht. Alles, was die Natur uns gibt, ist einzigartig."

Beschämt von diesen Worten senkte der Schüler den Kopf.

„Und wie wirst du den heutigen Tag verbringen?" fragte der Meister.

„Im Bewußtsein seiner Einmaligkeit und mit wachen Sinnen für seine versteckten Schönheiten und Überraschungen", war die Antwort des Schülers.

„Das hast du gut gesagt", erwiderte der Meister. „Nun mußt du es aber auch gut tun. Denn die Kluft zwischen dem Vorsatz und dem Satz über die Kluft ist oft recht groß. Man muß ein guter Springer sein, um den Abgrund zu überwinden. Oder sich eine Brücke bauen."

„Aus welchem Material baut man eine solche Brücke?" wollte der Schüler wissen.

„Aus Geistesgegenwärtigkeit und Geduld, aus Mut und Heiterkeit", war die Antwort des Meisters.

LIEBESERKLÄRUNG

Ich atme
den Augenblick ein –
seinen Duft,
seine Frische,
seine Einmaligkeit.

Ich schmecke seine Heiterkeit,
genieße seinen Zauber,
fließe mit seiner Musik.

Ich liebe den Augenblick.
Und er spürt es.
Vielleicht liebt er
deshalb auch mich.